Pour Victoria et Héloïse

50 bis, rue du Renard 76000 Rouen - www.editionsetageredubas.com
Éditrice : Delphine Monteil - Assistante éditoriale : Mélanie Lehmann - Maquettiste : Céline Robert
ISBN : 978-2-490253-77-7 - Dépôt légal : octobre 2024
Loi n°49-956 du 16 juillet 1949 sur les publications destinées à la jeunesse.

Achevé d'imprimer en septembre 2024 par Unisoft (Ukraine).
Les illustrations de Noémie Malbecq sont réalisées à l'encre de Chine,
aux Promarkers et aux crayons de couleur.

Ce livre a été publié avec le soutien du CNL
et Noémie Malbecq a reçu le soutien à la création de la Fédération Wallonie-Bruxelles.

Noémie Malbecq

Visite Royale

L'ÉTAGÈRE DU BAS

Jacques est un citadin ordinaire.
Il habite une maison dans un petit quartier
où il ne se passe jamais rien.
Il s'ennuie souvent.

En cette fin de journée, il ne sait pas quoi faire.
Alors Jacques dort.

VISITE
ROYAL

VISIT
ROYAL

Une vie pleine de surprises et de rebondissements.
Des frissons et la gloire à l'arrivée…
Voilà ce à quoi songe Jacques depuis son petit jardin emmuré.

PAR ici
PAR LÀ
PAR ici

La nuit, pourtant, il vit de folles aventures.

Il piste des voleurs masqués
et sauve le royaume de sa Majesté!

Le matin, il n'a donc guère envie de se lever.
De toute façon, il sait que rien ne va lui arriver...
"Pas la peine d'en faire trop, se dit-il.
Aujourd'hui, la balade attendra!"

Il a déjà passé beaucoup de temps à réfléchir à son costume de super-héros.
Une combinaison bien moulante avec une cape étoilée.
“Cette tunique serait vraiment trop belle” pense-t-il.

“Et tant qu’on y est, pourquoi pas en poisson avec un smoking rayé ?”
Jacques se ressaisit et cesse de rêver.
“Faut pas prendre ses rêves pour la réalité !”

VOLEUR
.RECHER

D’ailleurs, sa réalité est bien monotone ;

la pluie, le vent, l’aspirateur et le produit à récurer.
Pas une seule enquête à mener ni aucun indice à déchiffrer.
Décidément, rien ne va donc jamais changer…

Il ferait mieux de retourner voir ce qu'il se passe dehors.
Il a entendu les pigeons rouspéter.
Il aimerait bien que cesse ce vacarme si ce n'est pas trop demander !

"Oooh non... Mes topinambours ont été complètement saccagés!"
Le héros qui sommeille en lui se réveille enfin!
Allez, hop! Il creuse, cherche et regarde partout, bien décidé à trouver les crapules sans cœur qui ont détruit ses tubercules préférés...

...et trouve la couronne de sa Majesté!

Désormais, Jacques
n'est plus un citadin ordinaire.

La reine l'a nommé "Citoyen d'honneur de la Royauté".

La reine est heureuse de l'avoir récupérée.
Elle félicite Jacques pour sa bravoure et sa loyauté.

Depuis, il n'a plus aucun mal à se lever…